句集・樹勢

目次

装丁●大武尚貴
本文デザイン●ベター・デイズ

句集
樹勢

紀の森

平成二十一年・二十二年

木から木へ森へ囀り広がりぬ

蕗の薹摘む日だまりを摘むやうに

このくらゐまでは覚悟の戻り寒

洛北は三日つづきの春の雪

配色は木の芽まかせの木の芽山

剪られし木剪られしところより芽吹く

リュック負ふ両手が自由春の山

花並木一之船入から歩く

ねねの道ねねの踏みたる落花踏む

箸使ひ諭されてゐる一年生

空き家のひとつは生家雉子鳴く

耕せり一番遠い畑より

母いつも摘みしあたりの蓬摘む
また少し歩き野蒜を摘んでをり

あのときに買へばよかつた花の種

青々と中洲ありけり鳥の恋

紀の森鳥の恋する明るさに
鳥の巣の高きひとつは天使の巣

子どもの日子どもが一人ゐるだけで

祭待つ二葉あふひの苗育て

遅るるがならひとなりし祭かな

表情を決めかねてゐる祭姫

耕牛ともならず祭の牛車曳く
祭列紀の森に消えゆけり

父母におやつの時間燕子花

鉾が建つ雨雲は雨怺へゐて

その心すでに具はる鉾の稚児

雨の辻更に水打ち鉾まはす

雨だれの長刀鉾となりにけり

のれん割る風の涼しや先斗町

滝落ちて吾を引張り上げんとす

蟇百年そこにゐたやうな

逢ふたびに香水の名を聞かれをり

ががんぼの脚長すぎて子を負へず

田草取る手に触れしものすべて取る

瀬しぶきは風生みやまず川床《ゆか》座敷

蟬の穴いつしか苔に塞がれて
梅干酸つぱし戦争は知らねども

かなかなや母は天麩羅揚げてゐる

小さき窓あり虫籠は虫の家

虫の闇山の容に山暮れて

誓子見し筆太はこの大文字

一葉散る男が母を語るとき
ぶら下がることに疲れて石榴の実

空腹は快感に似て水の秋

柿の木に登れば父に逢へさうな

これほどの粒揃ひなし実紫

萩は実となりても静か二尊院

鵙鳴いてゐる山の子が遊びゐる

鴨の来てまだゆりかもめ来てをらず

いつ来てもいつも炬燵に母ひとり

鯉揚の池底冬日に虹光り

鯉揚を一人遠見の冬帽子

あたたまるまでは動かぬ冬の雲

鯉揚の焚火にあたらせてもらふ

鯉揚を見届け嵯峨の山眠る

太陽に区切られてゐる冬田かな

電線の線でつながる枯木立

燃え盛りよき香よき色桜梢

樹勢

平成二十三年・二十四年

初明り闘志のやうに射し来たる

初詣楠の樹勢をいただきに

正月のかほ隣人も雀らも
ごまめ噛む噛むといふこと覚えし子

教はりし通り幼の御慶かな

ななくさの名こそなつかし七日粥

飲《おん》食《じき》の食《じき》を大事に七日粥

遠来も快癒の人も初句会

海へ出るころには春となる大河

草の色花の色あり雛あられ

芽起しの雨にけぶれる東山

囀りの蛤御門建礼門

星になる鳥もあらんや鳥雲に

ぶらんこの姉を見てゐる砂場の子

早うから物干す隣家桜東風

雲に湧く力桜に咲く力

富士山の見える窓ある巣箱かな

うぐひすの声みづうみの朝のこゑ

木々芽吹く樹海今なら入れさう

蝶は蝶鳥の高さを飛びゐても

かたくなに家守る母よ昭和の日

水張りし田と水溜り残る田と

遠ざかるばかりの故郷より新茶

走り茶の頃ともなればこの干菓子

柏餅母は仏と長話

どんたくへ田植済ませて来てゐたり

葵祭明日に御苑静もれる

紫陽花の路地鴨川へ抜けにけり

紫陽花の手毬を風がつきに来る

今日咲きし沙羅今日散りし沙羅凌ぐ

沙羅落花一言一句おくやうに
ひところの勢ひなけれど夫婦滝

神山のそのふところの御祓川
喉越しも涼し老舗の麩まんぢゆう

鉾建の影もやうやく鉾らしく

月鉾にきれいな月が昇り来し

空蟬の風抱きしめてをりにけり

火のやうに水のやうにも蟬時雨

別の命宿りはせぬか空蟬に

格子戸を煙噴きだす鮎の宿

口にもの入れて溽暑をはぐらかす

月光のしつとり烏瓜の花

その色も容も苺蛇苺

正面の貌が真面目や鬼やんま

八月や燃ゆる火なべて祈りの火
遠ざかるごとく消え行く大文字

千灯の千のこゑなり虫すだく

爽やかな呼吸を空もしてゐたり

風船かづら今も余震に震へをり

淋しさの枝分かれして吾亦紅

色づいて来し渋柿も甘柿も
顔上げし畑の母は露まみれ

火祭の漢雨にも勢ひ立つ

火祭の火の竜磴を駆け上る

どう見ても花街の人秋日傘

虫籠はからつぽ庭に虫鳴いて

日の沈む方を見てゐる案山子かな

虫の音を聞くによき窓　吉野窓

祇王恋し祇女が恋しやつくつくし

京言葉使ひこなして十夜婆

これしきの熱に脅かされて冬

効きさうな薬の名前冬に入る

枯れやすき容の木より枯れゆけり

畳みたき枝もあらうに枯木立

ゆりかもめ来るやまねきの上がるころ

顔見世の見得を切るかにまねきの字

ゆりかもめ見てゐる普段着の舞妓
もうひとつ太陽ほしい寒の朝

埋み火の色を抱きて山眠る

風音は天にありけり暖炉燃ゆ

鳥が鳴く声を出さねば凍るかに

蓋も熱うて甘鯛の蕪蒸し

息子来るポインセチアの鉢抱へ

その心までも真白雪うさぎ

玉川のしぶきに太る草つらら

流れ来し卒塔婆突つ立つまま氷る

誓子句碑直立雪に埋もれても
風花か梢火の尉か飛んで来る

千年藤

平成二十五年・二十六年

日当たりしものより淑気満ち来たる

対と言ふ目出たさもあり飾松

どの道を行くも恵方や京なれば

名を書いてしみじみ家族柳箸

初旅の車窓に日本標準時

洋上にゐる初夢の中にゐる

下萌のまだ薄塗りと言へるほど
青空が戻り寒さが戻りけり

砂利山に裾野ありけり下萌ゆる

鯉の上を鯉がよぎりて水温む

次々と芽吹く卒業記念の木
入学を明日に背負ふランドセル

何もなきところ最も霞みをり

靄晴れて来し山桜見えて来し

渓渡る落花が落花追ひかけて

かの狼追うて行きしか桜守

朝桜茶粥は土鍋ごと出され

泥まみれなれども高《かう》野《や》聖《ひじり》の子

高野聖＝田亀

深吉野の飛花よ落花よありがたう

滝を背に地より苔むす敏雄句碑

花好きの嵯峨派祇園派仁和寺派

ペン先へ抜けてゆくなり花疲れ

蔓すでに幹をなしをり千年藤

棚足して足して千年藤を守る

千年藤夜は千年の闇を抱く

湖の風を離さず五月の木

髪切って夏の少女となりにけり

百発百中先生の草鉄砲

一岩は太陽に吠え卯波立つ

燕の子うしろにゐるよもう一羽

あなどれぬ六歳なるや水鉄砲

孤高なる高さ保ちて桐の花

一命を一火に点し蛍とぶ

畳の間ばかりの生家梅雨深む

猛暑来る構へなき身を襲ひ来る

サングラス孫の前ではかけられず

父母へつながつて行く夕端居

この暑き日に母吾を産み賜ふ

鉾建を明日に台風接近す

注連かけて今日より鉾の宿なりぬ

長刀に始まる鉾の宵めぐり

眠りても祇園囃子の身にひびく

惜しむ気の起こらぬうちに鋏を解く

うらおもて確かめてゐる団扇かな

髪洗ふ老を詠むには老い足らず

どれも嵩張る草市に買ひしもの

今朝秋の貌より止まる新幹線

かなかなのこゑ望郷のはじまりに

離れ住む弟がふたり天の川

臥して聞くものみな遠し秋の蟬

九月まで咲いて九月の百日紅

空砲とわかつてゐても威銃

小鳥来る母の小さな炊飯器

ばつたんこ時に木の実を吐き出して

昭和まだ時代祭に加はらず
群れゐてももう稲雀にはあらず

茸の小人去来の墓を取り囲む

命あるものに命の水澄めり

赤い羽根付けて定時に夫帰る

柿熟るる頃やはらから集はんか

今日の月賜るひとりひとつづつ
曲るたび回廊暗し月の寺

秋惜しむ水郷めぐる舟にゐて

火が恋し湖に背を向けてより

鈴の音のやうな水音冬に入る

箸入れしところより湯気大根焚

寺町も新京極も年の市

こんな夜は風が語り部雪催

ほんたうに泣く顔見世の勘九郎

宿だけは決めてありけり冬の旅

雪積んでもう何畑とも言へず

雪吊の縄の緊張雪が降る

身震ひをして雪吊は雪払ふ

雪積もりやすし根雪を置きたれば

金沢に遊びホワイトクリスマス

芯がまだ燃えてゐるなり冬紅葉

弟よしばし葛湯であつたまろ

紙幣もて紙幣押し込む社会鍋

先生が時々笑ふ年忘れ

雪だるま連れて帰つてほしさうな

静かな木

平成二十七年・二十八年

鳥居より道は真直ぐ初詣

俎に広がる山野なづな打つ

玉《たま》依《よりの》姫《ひめ》の使ひの初雀

注連飾岩と化したる切株も

ふきのたう紀の森の日溜りに
返信を書いてみようか懸想文

妙齢の子がゐてバレンタインの日

雛との歳月娘との月日

葉ごと召し上れ老舗のさくら餅

荷ほどきの句集むらさき雛の日

耕しあたりの闇の濃かりけり

雨の日のあとに風の日沈丁花

市に出す植木の雪を手で払ふ

茎立の葉牡丹渦を抜け出して

空の色木の芽揃ふにまだ足らず

パンジーを植ゑてやうやく家らしく

十年の月日桜に「玉梓」に
桜から桜へ移す車椅子

似顔絵師桜の許に老いゆけり

本尊の耳たぶほどの甘茶仏

桜散るよろしき距離に嫁姑

赤芽柏赤芽のときも過ぎにけり

貝母咲く何を言うてもさみしき日

覚えなきほどの寒さや昭和の日

近づくなそこは砂丘の雲雀の巣

平成二十七年五月五日、津田清子先生逝く

清子亡き夜を富雄の蛙鳴く

葱坊主今夜はきつと泣くだらう

弔ひの夜の道なり海桐の香

砂丘行く師の夏帽子追うて行く

初蛍どれも辞世の清子の句

沙羅咲くや今ならわかる師の言葉

もうずつと前からここは麦畑

競べ馬一馬身差は詰められず
袋掛手許が暮れてしまふまで

川床を組む先づ水中に杭打つて

水無月の濡れて色増すものばかり

蛇の目の高さに熟るる蛇苺

帯選ぶ祇園囃子を聞きながら

身を挺し雨風祓ひ鋲進む

薬屋のもう来るころか茄子の花

いつときの駅の静けさ花樗

叔母ひとり残る故郷合歓の花

十年の空家土間まで草茂る

外井戸に朝の歯磨きほととぎす

花はみな星の容に夏野菜

花火見に上がるのみなる二階かな

墓のこと家のことなど帰省の夜

星涼し駅までを子に送られて

夫へ来る手紙少なし金魚玉

老鶯や横切るに広き天龍寺

美しき字を書く人とゐて涼し

青柿や今日も来てゐる隣の子

吾が一日母が一日百日紅

息絶えてゐると思へど大百足

離してはならぬこの手や原爆忌

七夕の雨の一条戻り橋

残照は八坂の塔に迎へ鐘

幽霊飴買つて草市より帰る

大文字雨にひるまず燃え上がる
雨に燃ゆ船形の火も妙法も

鳥も眠らず送り火の消ゆるまで
もうだれも踊つてをらぬ櫓かな

唄ひ方をらず踊もすたれけり

蜩や暮れて小さき村なりぬ

寂庵の戸の開いてゐる厄日かな

台風に閉ぢ込められて書く手紙

相寄らぬほどに離して狸藁塚

旧道は芒原へと消えゆけり

落石榴陶片のごと散らばつて
犬小屋に犬の戻りて月今宵

仏とも神ともなれず穴まどひ

虫が出て来し三日目の木の実独楽

黄落や大きな窓の家が欲し

森抜ける道が一本啄木鳥

秋刀魚干す熊野は奥の一山家

落柿舎に小さき文机小鳥来る

鳥渡る松はいつでも静かな木

横顔のどこか子規似やくわりんの実

蜷はみな石に上つて秋の風

迷ひゐるうちはまだまだ松手入

頑丈な赤となりけり鶏頭花

昼も虫すだく古知谷ともなれば

この奥に下駄を売る店酔芙蓉
なびかざるものはやつれて秋の草

一川を越えて広がりゆく花野

帰り着く家あり卓に柿のあり

灯してよりのぬくもり衣被

一つ欲しひとつが採れぬ烏瓜

トンネルの出口は霧に塞がれて
山霧に風の正体見てをりぬ

影蹴つて雀飛び立つ冬初め

鶏叱る大きな声や神の留守

一力の犬吠えやまず事始

美しきところより野の枯れ始む

枯木より枯れざるものの吹かれやう

雪を見に能登の果まで来てゐたり

能登の田の氷解けざるまま暮るる

榾火燃え過ぎて漢の帰れざる

昨日ほど寒くはあらず湖の宿

冬の井戸時々人の来て覗く

寒厨ものみな伏せて置かれあり

京極の人込み歩いても寒し

駅ごとの明るさのありクリスマス

幼子を連れ回したる年の市

言の葉のはじめ片言竜の玉

山々はみなよき容雪が降る

句集　樹勢　畢

あとがき

本集は『参観日』『山祇』につづく私の第三句集で、平成二十一年から二十八年までの作品を収めた。

我が家から歩いて十五分ほどのところに青蓮院門跡があり、門前の楠は親鸞お手植えのものと伝えられ、樹齢八百年を越えている。八方に広がり樹冠をなす枝々は今なお勢いが盛んで、さらに成長をつづけている。樹形の美しさに惹かれたびたび訪れるが、そのたびに大きな力に抱かれ励まされる思いがする。当地での暮らしを見守られているような思いもあり、本句集名を「樹勢」とさせていただいた。

平成十八年に「玉梓」を創刊し、主宰として自信のないままの十年であったが、昨年は大勢の仲間と共に十周年記念祝賀会を持つことができ、望外の喜びを味わわせていただいた。

現在、気が付けば句会、編集、執筆、総合誌や俳句大会の選句などが私の日常となり、それに適ったリズムが身についてきているような気がする。今年、私は古稀を迎えるが、健康で今の生活を持続しつづけたいと心から思う。『山祇』のあとがきに私は「『玉梓』を通しての新たな出会いに心をときめかせながら、更なる世界を広げて行きたい。」と書いた。その思いは今も深まるばかり。よき仲間に恵まれ、支えられての日常をこれからも大切にしてゆきたいと思っている。

本集出版のお世話を賜りました石井隆司様、角川『俳句』編集長の白井奈津子様、同編集部の平澤直子様ほかの皆様に厚くお礼申し上げます。

平成二十九年　啓蟄の日に

名村早智子

著者略歴

名村　早智子

なむら・さちこ

昭和二十二年　　三重県生れ

昭和四十七年　　「天狼」（山口誓子主宰）入会（平成五年の終刊まで）

　　　　　　　　「沙羅」（のちの「圭」津田清子主宰）入会（昭和六十二年まで）

平成　六　年　　「築港」（塩川雄三主宰）創刊同人として参加（平成十七年まで）

平成十二年　　京都俳句作家協会年度賞受賞

平成十五年　　深吉野賞受賞

平成十七年　　毎日俳句大賞受賞

平成十八年一月「玉梓」創刊主宰

［著書］　句集『参観日』『山祇』、著作『シリーズ自句自解Ⅱベスト100名村早智子』

［玉梓］　主宰、公益社団法人俳人協会幹事、京都俳句作家協会幹事

大阪俳人クラブ理事、日本現代詩歌文学館評議員

現住所　〒六〇六―八三二三

京都市左京区聖護院円頓美町十七―八―四〇五

句集　樹勢　じゅせい

初版発行　2017（平成29）年5月3日

著　者　名村早智子
発行者　宍戸健司
発　行　一般財団法人 角川文化振興財団
〒102-0071 東京都千代田区富士見1-12-15
電話03-5215-7819
http://www.kadokawa-zaidan.or.jp/
発　売　株式会社 KADOKAWA
〒102-8177 東京都千代田区富士見2-13-3
電話0570-002-301（カスタマーサポート・ナビダイヤル）
受付時間　9:00 ～ 17:00（土日　祝日　年末年始を除く）
http://www.kadokawa.co.jp/
印刷製本　中央精版印刷株式会社
 ISBN978-4-04-876454-4 C0092

角川俳句叢書　日本の俳人100

青柳志解樹
朝妻　力
有馬朗人
安西　篤
伊丹三樹彦
伊藤敬子
伊東　肇
井上弘美
猪俣千代子
茨木和生
今井千鶴子
今瀬剛一
岩岡中正
大石悦子
大牧　広
大峯あきら
大山雅由

小笠原和男
奥名春江
落合水尾
小原啄葉
恩田侑布子
甲斐遊糸
柿本多映
加古宗也
柏原眠雨
加藤憲曠
加藤耕子
加藤瑠璃子
金箱戈止夫
金久美智子
神尾久美子
九鬼あきゑ
黒田杏子

阪本謙二
佐藤麻績
塩野谷仁
小路紫峡
鈴木しげを
千田一路
高橋将夫
田島和生
辻　恵美子
坪内稔典
出口善子
手塚美佐
寺井谷子
中嶋秀子
名村早智子
鳴戸奈菜
名和未知男

西村和子
能村研三
橋本榮治
橋本美代子
藤木倶子
藤本安騎生
藤本美和子
文挾夫佐恵
古田紀一
星野恒彦
星野麥丘人
松尾隆信
松村昌弘
黛　執
岬　雪夫
宮田正和
武藤紀子

本宮哲郎
森田　峠
山尾玉藻
山崎　聰
山崎ひさを
柚木紀子
依田明倫
若井新一
渡辺純枝
ほか

（五十音順・太字は既刊）